Parents and Caregivers,

Here are a few ways to support your beginning reader:

- Talk with your child about the ideas addressed in the story.
- Discuss each illustration, mentioning the characters, where they are, and what they are doing.
- Read with expression, pointing to each word.
- Talk about why the character did what he or she did and what your child would do in that situation.
- Help your child connect with characters and events in the story.

Remember, reading with your child should be fun, not forced.

Gail Saunders-Smith, Ph.D

Padres y personas que cuidan niños,

Aquí encontrarán algunas formas de apoyar al lector que recién se inicia:

- Hable con su niño/a sobre las ideas desarrolladas en el cuento.
- Discuta cada ilustración, mencionando los personajes, dónde se encuentran y qué están haciendo.
- Lea con expresión, señalando cada palabra.
- Hable sobre por qué el personaje hizo lo que hizo y qué haría su niño/a en esa situación.
- Ayude al niño/a a conectarse con los personajes y los eventos del cuento.

Recuerde, leer con su hijo/a debe ser algo divertido, no forzado.

Gail Saunders-Smith, Ph.D

BILINGUAL STONE ARCH READERS

are published by Stone Arch Books, a Capstone imprint
1710 Roe Crest Drive
North Mankato, Minnesota 56003
www.capstonepub.com

Library of Congress Cataloging-in-Publication Data
is available on the Library of Congress website.

ISBN: 978-1-4342-3782-8 (hardcover)

Reading Consultants:
Gail Saunders-Smith, Ph.D.
Melinda Melton Crow, M.Ed.
Laurie K. Holland, Media Specialist

Creative Director: Heather Kindseth
Designer: Bob Lentz
Original Translator: Claudia Heck
Translation Services: Strictly Spanish

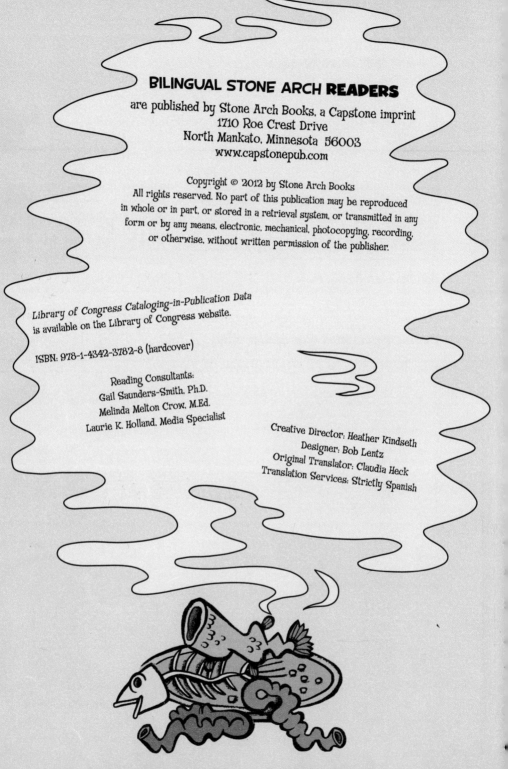

Printed in the United States of America in North Mankato, Minnesota.
062013   007366R

TRES GARRAS
EL MONSTRUO DE LA MONTAÑA

THREE CLAWS
THE MOUNTAIN MONSTER

por/by Cari Meister
ilustrado por/illustrated by Dennis Messner

STONE ARCH BOOKS
a capstone imprint

TRES GARRAS
THREE CLAWS

This is Three Claws. He has one big eye. He has two furry legs.

Este es Tres Garras. Él tiene un ojo grande. Él tiene dos piernas peludas.

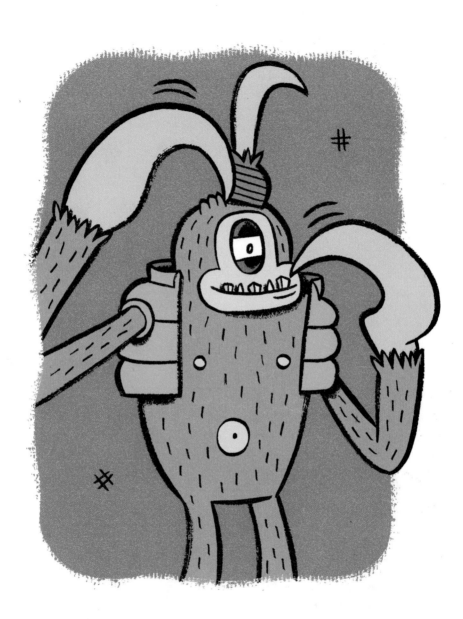

He has three sharp claws.

Él tiene tres garras filosas.

The claw on his head is handy.
He uses it to catch fish.

La garra en su cabeza es útil. La
usa para atrapar peces.

He uses it to climb icy mountains.

La usa para escalar montañas heladas.

He even uses it to do cool tricks. Three Claws is very cool. Everybody thinks so.

Hasta las usa para hacer trucos divertidos. Tres Garras es muy divertido. Todos piensan eso.

But Three Claws has one big problem.

Pero Tres Garras tiene un problema grande.

He has bad breath. He has really, really bad breath.

Él tiene mal aliento. Él tiene muy, muy mal aliento.

His favorite food is rotten fish.

Su comida favorita es pescado
podrido.

The mountain monsters want
him to eat other things.

Los monstruos de la montaña
quieren que él coma otras cosas.

They make the best monster food.
None of these foods stink.

Ellos preparan la mejor comida
para monstruos. Ninguna de esas
comidas huelen mal.

The mountain monsters invite
Three Claws to a big feast. There are
trays of food. There are baskets of food.

Los monstruos de la montaña
invitan a Tres Garras a un banquete
grande. Hay bandejas con comida.
Hay canastas con comida.

There are even foods hopping on the floor.

Hasta hay comida saltando en el piso.

"Try this," the monsters say.

"Try that," the monsters say.

"Prueba esto", dicen los monstruos.

"Prueba aquello", dicen los monstruos.

"No, thank you," says Three Claws. "I only eat rotten fish. Would you like some?"

"No, gracias", dice Tres Garras. "Yo solo como pescado podrido. ¿Quieren un poco?"

The mountain monsters shake
their heads. They groan.

Los monstruos de la montaña
sacuden sus cabezas. Ellos gruñen.

What are they going to do with
Three Claws?

¿Qué van a hacer con Tres Garras?

The mountain monsters have a meeting.

Los monstruos de la montaña tienen una reunión.

They like Three Claws, but he is
too smelly. What can they do?

Les gusta Tres Garras, pero él huele
muy mal. ¿Qué pueden hacer?

One of the monsters points to the top of the mountain. "We need someone to live up there," says the monster.

Uno de los monstruos señala la cima de la montaña. "Necesitamos que alguien viva allá arriba", dice el monstruo.

"We need someone to watch over our mountain. We need someone to tell us when people come hunting for us," he says.

Necesitamos que alguien vigile nuestra montaña. Necesitamos que alguien nos diga cuando la gente viene a cazarnos", dice él.

"Three Claws has a big eye. He can see better than any of us. His breath will scare people away," says another monster.

"Tres Garras tiene un ojo grande. Él puede ver mejor que cualquiera de nosotros. Su aliento espantará a la gente", dice otro monstruo.

The monsters clap. The monsters cheer. It is a great idea.

Los monstruos aplauden. Los monstruos celebran. Es una gran idea.

The next day, the monsters come to Three Claws. "Three Claws, your one eye can see better than any other monster eye. Will you watch over the mountain for us?" they ask.

Al día siguiente, los monstruos van a ver a Tres Garras. "Tres Garras, tu único ojo puede ver mejor que el ojo de cualquier otro monstruo. ¿Vigilarías la montaña por nosotros?"

Three Claws drops his fish. He blinks his eye. He bows down low.

"Yes," he says. "It would be a great honor."

Tres Garras suelta el pez. Guiña el ojo. Hace una reverencia.

"Sí", dice él. "Será un gran honor".

29

Three Claws climbs to the top of
the mountain. It is cold. It is quiet.
It is lonely.

Tres Garras sube hasta la cima de
la montaña. Hace frío. Hay silencio.
Es solitario.

Then Three Claws unpacks a few of his favorite things. There! Now it smells like home.

Luego Tres Garras desempaca algunas de sus cosas favoritas. ¡Ya está! Ahora huele como mi hogar.

THE END
EL FIN

STORY WORDS

mountain	breath	cheer
everybody	favorite	blinks

PALABRAS DEL CUENTO

montaña	aliento	celebran
todos	favorito	guiña